Dedicado a mi familia...
¡y a mi familia de amigos!

Título original: *Little Elliot, Big Family*
Traducción: Roser Ruiz
1.ª edición: febrero 2016

© 2015 by Mike Curato
© Ediciones B, S. A., 2016
para el sello B de Blok
Consell de Cent, 425-427 - 08009 Barcelona (España)
www.edicionesb.com

Printed in Spain
ISBN: 978-84-16075-78-2
DL B 359-2016
Impreso por Rolpress

el Pequeño Elliot

y su Gran Familia

Texto e ilustraciones de

Mike Curato

S xz C

blok
B DE BLOK

Barcelona • Madrid • Bogotá • Buenos Aires • Caracas • México D. F. • Miami • Montevideo • Santiago de Chile

*E*l Pequeño Elliot se despertó un soleado día de invierno.

—¡Buenos días, Ratoncito! —dijo Elliot.

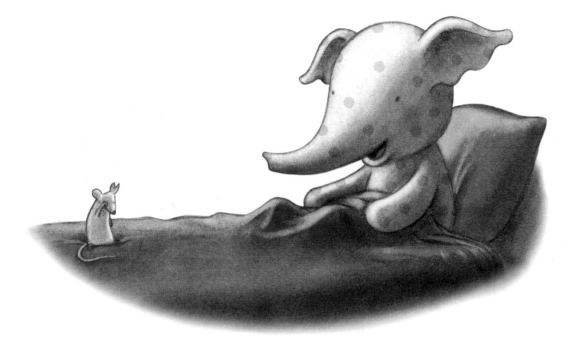

—Buenos días, Elliot —dijo Ratoncito—.

Hoy es el día de la reunión familiar. ¡Qué ganas tengo de comer el pastel de queso de mi abuela!

Espero que lo haya hecho bien grande. Tendré que compartirlo con mis padres, mis abuelos, 15 hermanos, 19 hermanas, 25 tías, 27 tíos y 147 primos y primas.

Ratoncito se quedó pensando.
—Creo que lo he dicho bien.
Me cuesta llevar la cuenta.

Bueno, me voy —anunció
Ratoncito—. ¡No quiero llegar
tarde!

—¡Que lo paséis bien! —dijo Elliot, y Ratoncito
se marchó despidiéndose con la mano.

La casa quedó en silencio. Vacía.

Elliot decidió salir a pasear.

Vio a muchas familias.

Los hermanos jugaban en la calle.

Las madres leían cuentos a sus hijos.

Los padres se divertían con sus hijas.

Las hermanas charlaban (y compartían secretos).

Las abuelas cantaban a los bebés
mientras los tíos daban consejos.

Los primos patinaban juntos.

¡Algunos hasta gastaban bromas!

Elliot se preguntó cómo se sentiría si tuviera
147 primos. O aunque solo fuera uno.

Empezaba a hacer frío y Elliot
decidió ir al cine.

La sala era muy grande.

Estaba oscura... y vacía.

Elliot echó de menos a Ratoncito.

Cuando Elliot salió del cine, vio que todo
estaba cubierto de una capa de nieve.

Seguía nevando y soplaba el viento.

Elliot oyó que alguien lo llamaba. ¿Sería el viento?

¡No, era Ratoncito!

—Te echaba de menos —dijo Ratoncito.

—Y yo a ti —repuso
Elliot.

—Hace demasiado frío —dijo Ratoncito—.
¡Ya sé dónde podemos ir!

La familia de Ratoncito recibió a Elliot
con los brazos abiertos.

—¡Ven, toma un poco de pastel de queso!

—dijo la abuela de Ratoncito.

La fiesta duró horas.

¡Elliot se lo pasó en grande!

Al final, Ratoncito
volvió a contar
a todos sus
familiares...

... ¡y añadió uno más!